© 1992 Jez Alborough
© y cyhoeddiad Cymraeg 1998 Gwasg y Dref Wen

Cyhoeddwyd gyntaf yn Saesneg 1992 gan Walker Books Cyf, Llundain
dan y teitl *Where's My Teddy?*
Y cyhoeddiad Cymraeg 1998 gan Wasg y Dref Wen,
28 Ffordd yr Eglwys, Yr Eglwys Newydd, Caerdydd CF4 2EA
Ffôn 01222 617860

Argraffwyd yn Hong Kong.

hwn yn perthyn i:

_____

_____

_____

_____

Ble mae Tedi?

Jez Alborough
Trosiad gan Gwynne Williams

DREF WEN

Dyma Jo yn mynd am dro
i chwilio am Ffredi ei dedi bach o.

Roedd wedi ei golli ynghanol y coed.
Mae'r goedwig yn unig i rywun o'i oed!

"Ew!" meddai Jo. "Mae pobman yn ddu!
Fe hoffwn fynd adre at mam yn y tŷ!"

Aeth Jo yn ei flaen
ar flaenau ei draed
OND

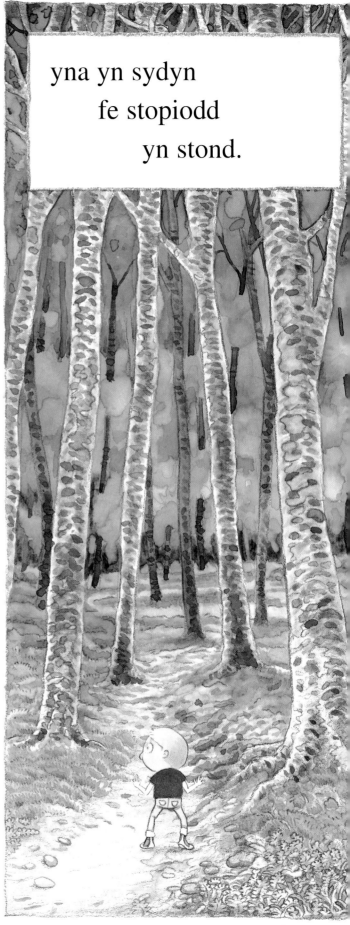

yna yn sydyn
fe stopiodd
yn stond.

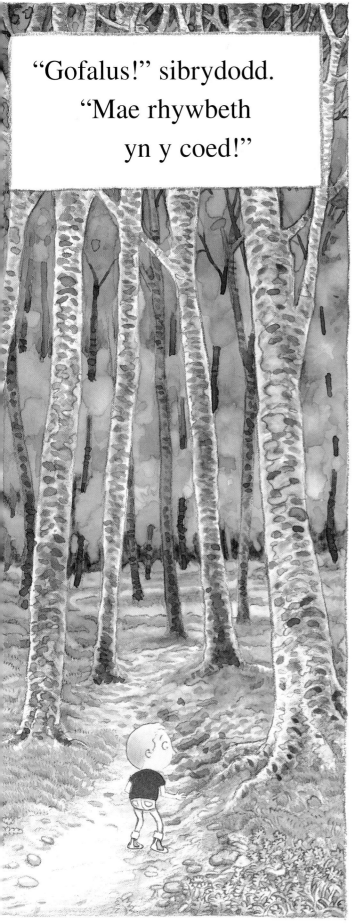

"Gofalus!" sibrydodd.
"Mae rhywbeth
yn y coed!"

BETH YDY O?

Y TEDI MWYAF A FU ERIOED!

"Ffredi!" meddai Jo a'i liniau yn crynu.

"Dywed, sut tyfaist

mor enfawr â hynny?"

"Alla i ddim dy godi, dw i'n dweud wrthyt ti!

Ac fe fyddi di'n torri fy ngwely bach i!"

Yna yn sydyn,
'rôl ceisio'i gofleidio,
fe glywodd sŵn rhywun
trist iawn yn ochneidio.

Taranodd llais enfawr,
gan nadu yn syn,
"Sut aethost ti, Edi,
mor fychan â hyn?
Alla i ddim dy fagu,
dw i'n dweud wrthyt ti!
Ac fe ei di ar goll
yn fy ngwely mawr i!"

Roedd anferth o arth
yn gwthio trwy'r coed
ac yn dynn dan ei fraich …

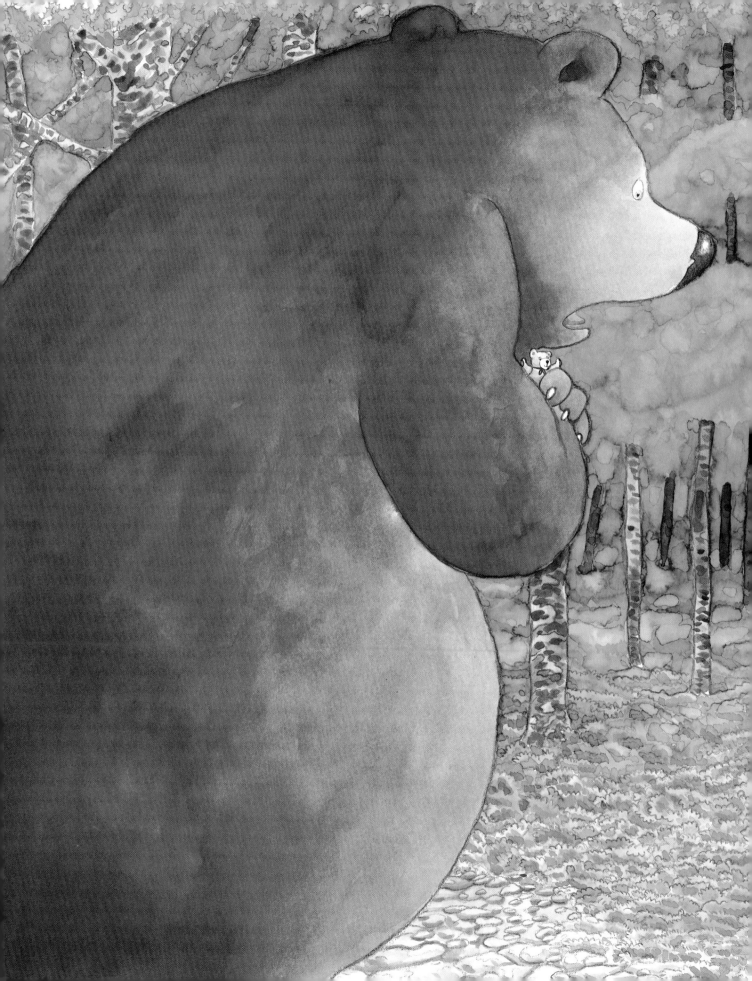

Y TEDI BACH LLEIAF A FU ERIOED!

"EDI!"
sibrydodd yr arth.
"ARTH!"
gwaeddodd Jo.

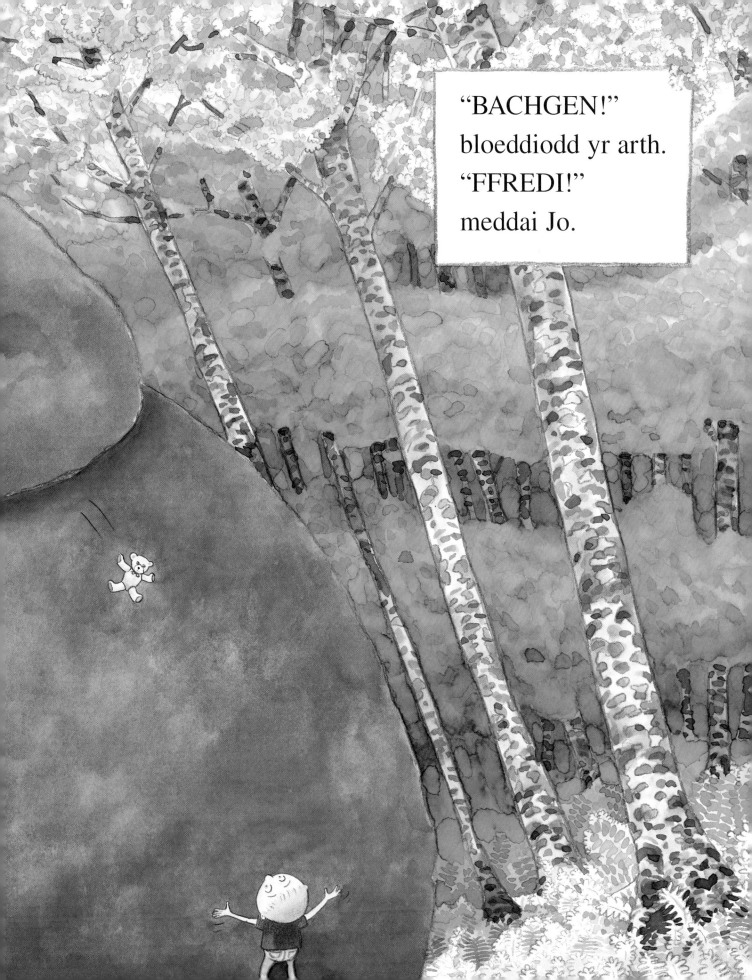

"BACHGEN!"
bloeddiodd yr arth.
"FFREDI!"
meddai Jo.

Ac yna fe redon nhw
adre bob cam,
pob un efo'i dedi
yn ôl at ei fam.

A thoc roedd y ddau
yn gysglyd ond llon
yn magu ei dedi ei hun
wrth ei fron.

Storïau lliwgar difyr o'r
DREF WEN
mewn cloriau meddal

Dyma'r Arth *Jez Alborough*
Y Ci Bach Newydd
   Laurence a Catherine Anholt
Ffion y Ffermwr a'i Ffrindiau
   Nick Butterworth
Sam y Saer a'i Ffrindiau *Nick Butterworth*
Un Nos o Rew ac Eira *Nick Butterworth*
Drama'r Geni
   Nick Butterworth/Mick Inkpen
Gwyliau Postman Pat *John Cunliffe*
Postman Pat a'r Bêl Las *John Cunliffe*
Postman Pat a'r Nadolig Gwyn
   John Cunliffe
Postman Pat a'r Sled Eira *John Cunliffe*
Postman Pat Eisiau Diod *John Cunliffe*
Mr Arth a'r Picnic *Debi Gliori*
Mr Arth yn Gwarchod *Debi Gliori*
Mr Arth yr Arwr *Debi Gliori*
Simsan *Sally Grindley/Allan Curless*
Arth Hen *Jane Hissey*
Ianto a'r Ci Eira *Mick Inkpen*
Y Wrach Hapus
   Dick King-Smith/Frank Rodgers
Fflos y Ci Defaid *Kim Lewis*
Oen Bach Rhiannon *Kim Lewis*
Y Bugail Bach *Kim Lewis*
Afanc Bach a'r Adlais
   Amy MacDonald/Sarah Fox-Davies
Ffred a Mandi *Tony Maddox*
Ffred, Ci'r Fferm *Tony Maddox*
Ffred yn y Dŵr *Tony Maddox*

Bore Da, Broch Bach *Ron Maris*
Heddwch o'r Diwedd *Jill Murphy*
Pum Munud o Lonydd *Jill Murphy*
Heddlu Cwm Cadno *Graham Oakley*
Mrs Mochyn a'r Sôs Coch *Mary Rayner*
Mrs Mochyn yn Colli'i Thymer
   Mary Rayner
Perfformiad Anhygoel Gari Mochyn
   Mary Rayner
Cwningen Fach Ffw
   Michael Rosen/Arthur Robins
Wil y Smyglwr *John Ryan*
O, Eliffant! *Nicola Smee*
Wyddost ti beth wnaeth Taid?
   Brian Smith/Rachel Pank
Ryan a'i Esgidiau Glaw Gwych
   Lisa Stubbs
Ryan a'i Wobr Ben-blwydd *Lisa Stubbs*
Methu cysgu wyt ti, Arth Bach?
   Martin Waddell/Barbara Firth

Cyfres Fferm Tŷ-gwyn *gan Jill Dow*
Cartref i Tanwen
Cywion Rebeca
Chwilio am Jaco
Dyfrig yn Mynd am Dro
Gwlân Jemeima
Swper i Sali

Cyfres Perth y Mieri *gan Jill Barklem*
Stori am y Gaeaf
Stori am yr Haf

Gwasg y Dref Wen, 28 Ffordd Yr Eglwys, Yr Eglwys Newydd, Caerdydd CF4 2EA Ffôn 01222 617860